U0937838

黄家文歌词集之二

唱武汉　咏荆门

黄家文　著

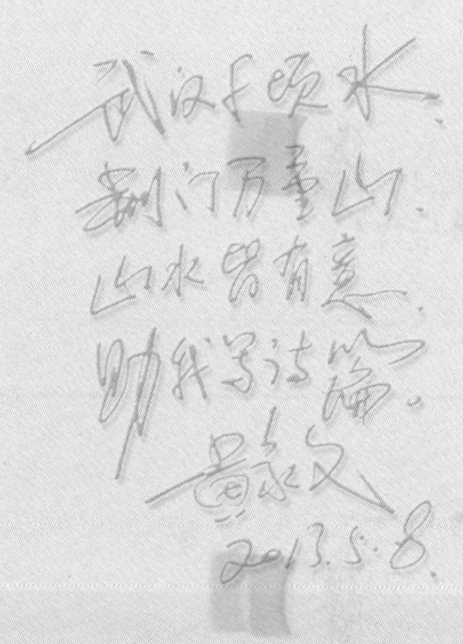

九州出版社
JIUZHOUPRESS

图书在版编目(CIP)数据

唱武汉　咏荆门：黄家文歌词集.2／黄家文著.
--北京：九州出版社，2014.10

ISBN 978-7-5108-3320-5

Ⅰ.①唱…　Ⅱ.①黄…　Ⅲ.①诗词—作品集—中国—当代
Ⅳ.①I227

中国版本图书馆CIP数据核字(2014)第241469号

唱武汉　咏荆门：黄家文歌词集.2

作　　者　黄家文　著
出版发行　九州出版社
出 版 人　黄宪华
地　　址　北京市西城区阜外大街甲35号(100037)
发行电话　(010)68992190/3/5/6
网　　址　www.jiuzhoupress.com
电子信箱　jiuzhou@jiuzhoupress.com
印　　刷　北京洲际印刷有限责任公司
开　　本　880毫米×1230毫米　32开
印　　张　5.25　彩插　4P
字　　数　160千字
版　　次　2014年11月第1版
印　　次　2014年11月第1次印刷
书　　号　ISBN 978-7-5108-3320-5
定　　价　25.00元

一九八六，军旗红透，

无悔青春，热血铸就。

一九九八，开荒种花，

花开花落，词苑安家。

二〇〇八，铁树开花，

半首歌词，飞遍天涯。

二〇一一，省博春媚，
一家快捷，群英荟萃。
（后排左一）

二〇一三，策马扬鞭，
新的起点，敢为人先。

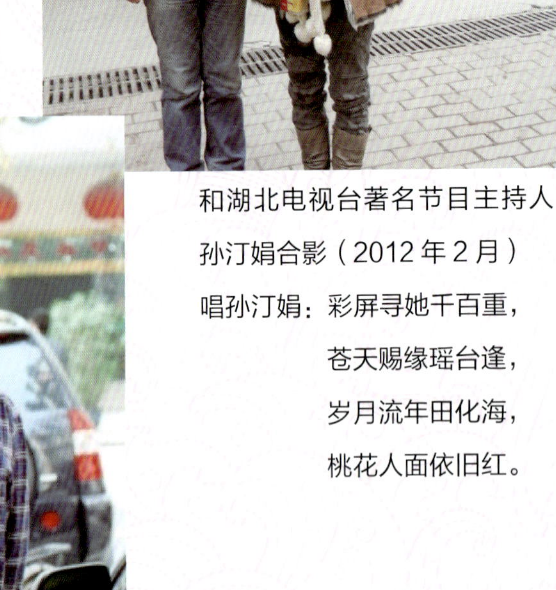

和湖北电视台著名节目主持人
孙汀娟合影（2012 年 2 月）
唱孙汀娟：彩屏寻她千百重，
苍天赐缘瑶台逢，
岁月流年田化海，
桃花人面依旧红。

这是湖北词人黄家文继《半首歌词》之后的第二本歌词集，此集专写湖北的武汉和荆门这两个城市，所以，分为“唱武汉”、“咏荆门”两个部分。

作者以他的“故乡荆门”和第二故乡武汉为题材，热情地讴歌了这两地的灵山秀水，风情风物；可谓画意诗情，一咏三叹，美不胜收。

自　序

时光飞逝，驹过微隙。自2008年我出版了第一本词集《半首歌词》之后，转眼已是第六个年头了。六年的风霜，增添了我的白发，加深了我的皱纹，磨砺了我的性情，重书了我的阅历，同时也让我收获了众多的歌词新作品。

《唱武汉　咏荆门》的初始构想是缘于“武汉之歌”。

2012年3月，武汉市面向全国征集“武汉之歌”。一时间，报纸、网络争相报道，全国各地的词曲作者踊跃参加，真是轰轰烈烈，热闹非凡。尽管在这次活动中我有些失意，但却产生了一个大胆的想法：我要写尽武汉，唱尽江城，出版“武汉之歌”的专集。确认可行后，我就急火火地行动了。我搁置了其他所有的题材，集中精力专攻“武汉”。上班下班从早到晚，满脑子都是“武汉武汉”。在这个过程里，我无意中又将触角延伸到了我的家乡——荆门。至此，“唱武汉　咏荆门”这个大构思正式成形。

两年多来，我查阅了大量有关武汉和荆门的书籍，并到这两地的一些景点进行了实地采风，对事先列好的一大串“命题”“各个击破”，就这样，几十首新作品相继问世了。虽然还有一些“命题”至今都没有拿下来，但我还是基本满意的。

“春夏耕耘，金秋收获，理所当然”。所以，我出版新词集的准备工作正紧锣密鼓地进行着。

在我的新作稿本即将报送出版社之际，我要特别在此感谢《中国歌海词丛》主编曾宪瑞老师，是他帮我实现了出版第一本歌词集的梦想；感谢九州出版社为我出版第二本歌词集。感谢《新歌诗》主编马强老师、《词作家》主编毕春泽老师、《词坛》主编王继祥老师、《重庆词风》主编冯仕康老师，感谢他们多年来不吝版面刊发我的歌词作品，使我通过他们的刊物结识了许多新词友，学到了许多新知识。

我没有太多钱，也没有什么贵重礼品赠予这些伯乐和知音，只能将一首发自我内心的小诗献给他们并向他们致敬：

浩浩江河逐浪流，
潆洄逆势挽溪流，
泱泱不图溪流汇，
只求助溪入海流。

2014年8月19日夜于武汉

目　录

唱武汉

武汉，我的第二故乡 ………………… 3
热干面的故乡 ………………………… 5
长江龙，汉江凤 ……………………… 6
大江两岸 ……………………………… 8
江城人家 …………………………… 10
龟山蛇山 …………………………… 12
楚河汉街 …………………………… 14
万里长江第一桥 …………………… 15
辛亥革命第一枪 …………………… 17
户部巷过早 ………………………… 19
吉庆街消夜 ………………………… 21
热干面 ……………………………… 23

精武鸭脖，对酒当歌 ······ 25
租界的老房子 ······ 27
昙华林 ······ 29
归元寺 ······ 31
汉正街 ······ 33
烟花三月下扬州 ······ 35
江城五月落梅花 ······ 37
大吕编钟 ······ 39
越王勾践剑 ······ 41
高山流水 ······ 43
盘龙城 ······ 45
猛龙已过江 ······ 47
我在东湖边 ······ 48
湖北电视台之歌 ······ 50
现代观音，阳光行动 ······ 52
江城故事 ······ 54
我在黄鹤楼上等你 ······ 56
春季到武汉来看花 ······ 58
五月到江城来看花 ······ 60
千古黄鹤楼 ······ 62

江城之夜 …………………………………… 64
鹤归武汉 …………………………………… 66
天宝打桩机 ………………………………… 68
题赠相册予黄靖 …………………………… 70
鹊桥仙・咏黄靖 …………………………… 71
满江红・长江 ……………………………… 72
特别大武汉 ………………………………… 74
信了武汉的邪 ……………………………… 76

咏荆门

故乡荆门 …………………………………… 81
丁零丁零荆门开 …………………………… 83
荆门门中门 ………………………………… 85
荆门之门 …………………………………… 87
菜花三月，来到荆门 ……………………… 89
请到荆门来看山 …………………………… 91
登象山 ……………………………………… 93
向东桥 ……………………………………… 95
竹皮河 ……………………………………… 97
岚光阁 ……………………………………… 99

东山宝塔 …………………………………… 101
龙泉书院 …………………………………… 103
老莱子 ……………………………………… 105
掇刀新战场 ………………………………… 107
群雄会荆州 ………………………………… 109
读竹简 ……………………………………… 110
郭店竹简 …………………………………… 111
漳河独爱荆门哥 …………………………… 113
将船买酒金龙泉 …………………………… 115
金龙泉啤酒，天下第九 …………………… 117
金龙泉，唱着喝 …………………………… 119
荆门城歌 …………………………………… 121
漳河情歌 …………………………………… 123
漳河姑娘 …………………………………… 125
大美长湖 …………………………………… 126
龙腾钟祥 …………………………………… 128
阳春白雪莫愁女 …………………………… 130
钟祥蟠龙菜 ………………………………… 132
空山洞 ……………………………………… 134
京山桥米 …………………………………… 136

农谷·乐土 …………………………… 138
江汉明珠屈家岭 ………………………… 140
长滩之歌 ……………………………… 142
赠华金生 ……………………………… 144
江城子 ………………………………… 145
沁园春·荆门 …………………………… 147
荆门气魄 ……………………………… 149
屈家岭桃花节 ………………………… 151
桃花梦 ………………………………… 152
题赵黄金小朋友十岁生日 ……………… 154
题周绣凤小朋友十岁生日 ……………… 155
题华国安小朋友十岁生日 ……………… 156

唱武汉

武汉，中国中部地区最大都市和唯一副省级城市，全球城区面积最为广阔的特大城市之一。“茫茫九派流中国，沉沉一线穿南北”，世界第三大河流——长江及其最长支流汉江横贯市区，将武汉分为武昌、汉口、汉阳三镇鼎立的格局。唐朝大诗人李白曾在此写下“黄鹤楼中吹玉笛，江城五月落梅花”的著名诗句，因此武汉又称江城。

武汉，我的第二故乡

一座名楼黄鹤飞翔，
两条大江穿过画廊，
三镇鼎立，四岸辉煌，
五月梅花落落大方。
不用思量，不用思量，
这里就是我的第二故乡。

虽然我还是空空行囊，
虽然我还没有住房，
长江水甜，热干面香，
汉风汉雨伴我成长。
不用思量，不用思量，
这里就是我的第二故乡。

我已满口汉味汉腔，
我已熟悉很多街坊，
我爱大湖，我爱大江，
更爱这里的水韵姑娘。
不用思量，不用思量，
这里就是我的第二故乡。

发表于《新歌诗》2013 年第 4 期

热干面的故乡

长江从天上来，
汉水从云中来，
白云黄鹤做媒，
长江汉水相会。

长江汉水，卷起白雪千堆，
汉水长江，捧出芳草一方；
长江汉水，挽起仙蛇神龟，
汉水长江，四岸灯火辉煌；
长江汉水，唱响高山流水，
汉水长江，架通世界桥梁；
长江汉水，武汉人的酒杯，
汉水长江，热干面的故乡。

2012 年 5 月 23 日定稿

长江龙，汉江凤

长江龙，汉江凤，
同住一座城；
长江龙，汉江凤，
共沐三楚风。
邀黄鹤，黄鹤凌空，
吻龟蛇，龟蛇盘龙；
抚琴弦，高山流水，
挽百舸，四海连通。
啊！长江龙，汉江凤，
朝接临江仙，
夜放满江红。

长江龙，汉江凤，

同爱一座城；

长江龙，汉江凤，

共扬三楚风。

一桥架，天马行空，

三城水，风情万种；

五月花，江城绝唱，

千湖浪，牵手朝宗。

啊！长江龙，汉江凤，

厚写江城子，

高发江城梦。

2014 年 1 月 15 日定稿

大江两岸

我住江这边，
你住江那边，
隔着一江水。
距离产生美。

距离产生美，
最美是一江水；
大船、长桥、地铁、轻轨，
皆因水生辉。

距离产生美，
美就喝它个醉；
江滩、彩虹、约会、戏水，

神传心领会。

距离产生美，

美就大胆地追；

追求卓越，敢为人先，

让这大江两岸更妩媚。

2013年8月18日定稿

江城人家

推窗一望是大江，
大江流淌一幅画，
长虹横跨，白云散花，
花落江城人家。
地铁开到家，
轻轨坐到家，
轿车排排排到家，
百花香到家。

推窗一望是大江，
大江流淌一幅画，
长桥斜挂，船开浪花，
花开江城人家。

编钟唱到家，

白云娶回家，

漂泊的黄鹤回到了家，

知音满天下。

2013年11月21日定稿

龟山蛇山

山不在高，有仙则灵。
你看那龟山蛇山，
一半亭楼，一半翠掩，
一半浮绿水，一半浸诗篇。

你听你听！古琴玉笛共鸣，
你看你看！铁塔黄鹤齐天；
你听你听！首义枪声犹新，
你看你看！惊涛卷起天堑。

啊！
谁敢飞锁天堑？
唯我龟山蛇山！

谁当武汉之巅？

唯我龟山蛇山！

2013 年 9 月 27 日定稿

楚河汉街

楚河，楚楚动人，
汉街，翩翩帅哥；
楚河，两湖相约，
汉街，柳梢明月；
楚河，晶莹蝴蝶，
汉街，时尚专列；
楚河，诗歌一阕，
汉街，经典千叠。
耶依耶——
楚河汉街，江城一绝，
绝地乍起，拥抱世界。
耶——

2013年4月15日定稿

万里长江第一桥

黄鹤相邀，龟蛇抬轿，
你是长江第一桥；
南北飞架，通途迢迢，
你是长江第一桥；
上接天路，下弄大潮，
你是长江第一桥；
沧海桑田，迎风微笑，
你是长江第一桥。

啊！长江第一桥，
你是开国之桥 ，

你是元勋之桥，

你是长江第一桥！

2013 年 4 月 21 日定稿

注：武汉长江大桥是万里长江上的第一座大桥，1957 年 10 月 15 日建成通车。毛泽东挥笔题词："一桥飞架南北，天堑变通途"。

辛亥革命第一枪

惊天一枪，
打响了铁血武昌。

枪响处，大江在咆哮，
枪响处，龟蛇在呐喊；
枪响处，四方风云起，
枪响处，换了新人间。

帝王制，腐朽又黑暗，
洒热血，只为艳阳天；
九泉下，英烈多欣慰，
看今天，春色满人间。

啊！历史不会忘，
人民不会忘，
铁血铁武昌，
辛亥革命第一枪！

2012 年 12 月 25 日定稿

注：1911 年（农历辛亥年）10 月 10 日晚，武昌新军革命党人向黑暗的清朝政府打响了划时代的第一枪，经过激烈战斗，最终占领了武汉三镇。星火燎原，风起云涌——全国各省纷纷起义，宣布独立，清朝政府土崩瓦解，中华民国成立，统治中国二千多年的封建帝制灰飞烟灭。

户部巷过早

童白：晚餐吃少，中餐吃好，早餐吃饱。
早餐吃饱，最最重要！

武汉把早餐叫过早，
过早有个好地方，
闻名遐迩上百年，
它就是那户部巷。

米酒面窝欢喜坨，
油条豆浆糊汤粉；
拉面削面热干面，
汤包豆皮油煎饼。

百种美食任你选，
吃出一天的精气神。

武汉把早餐叫过早，
过早真的很重要，
常来百年户部巷，
保你百年身体好。

童白：晚餐吃少，中餐吃好，早餐吃饱。
早餐吃饱，最最重要！

2012年10月27日定稿

吉庆街消夜

白：白天的吉庆街像个羞涩少女，腼腆文静；
夜晚的吉庆街像个张狂魔女，火热妖娆。

夜来了，灯亮了，
吉庆街，开场了，
八百鼓槌跳，
急兵已喧嚣。
明星大款，文人武官，美女帅哥排排坐，
工匠渔樵，挑夫野老，九流三教兴致高，
麻的辣的，卤的炸的，百种风味真绝妙，
白酒啤酒，红酒洋酒，久久不醉千杯少。
楚风扬，汉韵飘，
阑珊角，千百眺，

众里寻她，她在丛中笑。

夜深了，情未了，
龙在啸，鱼在摇，
鱼龙舞盛况，
夜宴起狂飙。
丝管琴箫，长歌短谣，珠落玉盘百般俏，
银瓶乍破，铁骑奔涌，风疾雨暴掀大潮，
歌声笑声，琴声喊声，声声绝响连环炮，
红灯绿灯，黄灯紫灯，灯光闪烁一通宵。
天破晓，曙光照，
吉庆街，静悄悄，
只等夜来，再展新妖娆。

2013 年 6 月 22 日定稿

热干面

有朋远方来，来到大武汉，
好客的大武汉，捧出热干面。

别说武汉太小气，
别说武汉太敷衍。
这筋跳跳的面，
这芝麻酱的香，
一筷子下去，汉味连汉腔，
二筷子挑起，风情溢别样；
三筷子豪放，大湖爱大江，
四筷子飞扬，一城的纷香。

别说武汉太小气，

别说武汉太敷衍。

这筋跳跳的面，

这芝麻酱的香，

在家是美味，在外是乡愁，

粗犷是本色，精细是名片；

先辈作记忆，后人的遗产，

百年的渊源，一碗热干面。

哎，热干面！

再来一碗——热干面！

2014 年 2 月 15 日定稿

精武鸭脖，对酒当歌

对酒当歌，
唱一唱精武鸭脖。
武汉的精武鸭脖，
香辣辣叫响全中国。

中国的美食很多很多，
我特爱武汉的精武鸭脖。
它让我对酒当歌歌红火，
它让我对酒当歌别喝多，
它让我对酒当歌好好工作，
它让我对酒当歌不要蹉跎。

噢，精武鸭脖，对酒当歌，

对酒当歌，不要蹉跎。
不要蹉跎，不要蹉跎，
我要武汉的精武鸭脖！

2014 年 7 月 25 日定稿

租界的老房子

你是华裔还是外裔？
是华裔，怎么一身的洋装？
是外裔，怎么还站在这里？
你想哭，已经没有了泪滴，
你想笑，心却在哭泣；
你想离去，却舍不得养你百年的风雨，
你想伫立，总挥不去那痛苦的记忆。

我向你走来，大声告诉你，
伫立吧伫立，你要永远的伫立！
因为你生在这里，长在这里，
伤在这里，痛在这里；
所以你的情在这里，爱在这里，

希望在这里，未来也在这里！

啊！租界的老房子，

你要永远地伫立，伫立在这里！

伫立着迎接中华复兴的晨曦！

2014 年 1 月 21 日定稿

昙华林

一条石板路走到天亮，
阳光照耀斑驳的墙古老的窗。
昙华林啊，请慢慢地讲，
让我们聆听这百年前的旧时光。
我们慕名而来，
陶醉在这条街巷。
你拍古韵，他写时尚，
我去借问那邻家女郎。

一条石板路走到天亮，
细雨飘落斑驳的墙古老的窗。
昙华林啊，请慢慢地讲，
让我们细品这百年前的旧时光。

我们踏歌而来，
回味在这条街巷。
你访“汉漂”，他写沧桑，
我去寻找那丁香姑娘。

昙华林啊，请慢慢地讲，
让我们漫度这百年前的旧时光。

2014 年 7 月 12 日定稿

注：昙华林，武汉最具特色的百年老街。

归元寺

做一天和尚撞响两天钟，
厚重的归元寺香火隆隆。

隆香绕古树，新花掩楼穹，
翠微生妙境，经书话峥嵘，
大雄宝殿八面风，
惊呆首相和总统。

观音莲池涌，财神忙匆匆，
五百罗汉盛，香客数运程，
释迦牟尼回天功，
阿弥陀佛在心中。

归元性不改，

修行门几重，

袅袅钟声破天秘，

做一天和尚撞响两天钟。

2013 年 11 月 17 日定稿

汉正街

汉水西来，挽大江东去，
帆樯挤岸，聚十万人家。
石板街，走来八方客，
竹瓦屋，活跃南北商。
苏恒泰，一言堂，
汪玉霞，淮盐巷，
数老店百行，五百年，美名扬！

黄鹤归来，携豪情叱咤，
巨轮排岸，连红火人家。
霓彩路，走来板车哥，
新商城，天下第一街。
长江之心，汉江之眼，

高山琴韵，月影流芳，

品风雨沧桑，举头望，多辉煌！

2013 年 6 月 18 日定稿

烟花三月下扬州

相别在黄鹤楼，
真情涌心头，
扬州三月多锦绣，
可否解忧愁？

孤帆远影去，
频频挥动手，
龟蛇叠翠大江流，
何日再重游？

芳草永远为你香，
晴川永远为你守，
哪怕海枯石头烂，

哪怕山灭变荒丘；

黄鹤楼，不会忘，

烟花三月，我们手牵手；

黄鹤楼，不会忘，

烟花三月，送你下扬州。

2013 年 11 月 27 日定稿

注：李白的原诗：

故人西辞黄鹤楼，烟花三月下扬州，

孤帆远影碧空尽，唯见长江天际流。

江城五月落梅花

我踏着五月而来，

来看这百花的精彩。

最是那黄鹤楼中梅花开，

直让我心潮澎湃。

我踏着五月而来，

来到这如潮的人海。

最是那黄鹤楼上的李白，

直让我思绪满怀。

我登楼徘徊，

寻找那诗仙李白，

玉笛一声梅花落，

落回到了平仄的唐代……

2013 年 12 月 9 日定稿

注：李白的原诗：

一为迁客去长沙，西望长安不见家，

黄鹤楼中吹玉笛，江城五月落梅花。

大吕编钟

长长的休止符，休止了几千年，
宫商角徵羽，都已化成了泥。
轻拂这泥土，我小心翼翼，
青铜的气息，直让我怜香惜玉。

敲一个小二度，轻轻地唤醒你，
宫商角徵羽，重拾岁月的旋律。
奏一曲《楚殇屈子》，
山河飞絮，激愤扬楚辞；
奏一曲《周郎赤壁》，
惊涛裂岸，大江东流去；
奏一曲《武昌首义》，
燎原之火，猎猎展旌旗；

奏一曲《春天的故事》，

我和你，一起走进新世纪。

2014 年 2 月 28 日定稿

越王勾践剑

岁月的剑，

把越王削成了灰土；

越王的剑，

把岁月赶回到从前。

岁月的剑，锈迹斑斑；

越王的剑，寒光闪闪。

吼——

闪闪的寒光在呐喊：

苦心人，天不负，

卧薪尝胆，

三千越甲可吞吴；

越王剑，不负天，

叱咤古今，

古今天下第一剑！

2014年3月8日定稿

注：“越王勾践剑”历经2400余年，仍然寒光逼人，锋利无比，被誉为“天下第一剑”。此剑现藏于武汉湖北省博物馆。

高山流水

龟山脚下，伯牙正在抚琴，

琴声多瑰丽。

樵夫钟子期，情不自禁地大呼：

巍巍兮，高山耸立！

洋洋兮，流水逶迤！

伯牙回首，露出久违的惊喜，

两个陌生人，

从此结成了知己。

多年以后，伯牙又来抚琴，

不见钟子期。

林中的小鸟，情不自禁地哭泣：

呜呜呜，山水还在！

呜呜呜，子期早去！
伯牙痛哭，摔破手中的琴器，
没有了知己，
弹琴还有何意义！

啊！
人生苦短，知音难觅，
高山流水，感天动地！

2013 年 6 月 25 日定稿

盘龙城

那时候，龟蛇大江还未醒来，
那时候，冥冥黄鹤还未出现；
那时候，没有琴台，没有编钟，
那时候，没有楚越，没有勾践。

那时候，盘龙湖水骤起波澜，
那时候，大商王朝筑城湖边；
那时候，青铜冶炼，戈亮镞闪，
那时候，夔纹铜钺，引领江汉。

啊！盘龙城，
是你唤醒了龟蛇江汉，
是你催生了编钟琴弦，

是你系出了越王古剑，

是你腾起了黄鹤冲天。

啊！盘龙城，

你是商殷之火，

你是江汉之帆，

你是武汉之根，

你是南方之源。

2013年12月25日定稿

注：盘龙城，商代早期城址。位于武汉市区以北5公里处的盘龙湖畔，距今3500年历史。

猛龙已过江

——为武汉国际“横渡长江活动”而作

谁的豪气，洒满长江，

谁的臂膀，劈开长江；

谁的脚板，蹬破长江，

谁的头颅，顶翻长江。

吼吼吼——

龟山呐喊蛇山唱，

白云戏水黄鹤翔，

裂岸惊涛澎湃处，

猛龙已过江。

2009 年 4 月 5 日定稿

我在东湖边

我站在东湖岸边
欢快的浪花向我奔来。
浪花呀浪花，
跳动着精彩，
精彩我的心，
心如浪花开。

我站在东湖岸边，
热烈的百花向我袭来。
百花呀百花，
万千种色彩，
缭乱我的心，
心如百花开。

我想扑进欢快的浪花，

可又舍不下热烈的百花；

我想拥抱热烈的百花，

可又舍不下欢快的浪花。

啊……

我在东湖边，

心如浪花开；

我在东湖边，

心如百花开……

2011 年 6 月 17 日定稿

湖北电视台之歌

彩屏似那千湖水，
声音源自古琴台，
水月琴音皆精彩，
精彩湖北电视台。

千里，传天籁，
万户，画图开，
欢快今宵志不衰，
一代胜一代。

宗旨，记心怀，
重任，担起来，
阳光行动驱雾霾，

遍撒情和爱。

啊！

我们真情澎湃，

我们豪情满怀，

迎接那长江之水天上来，

飞扬那大江东去的豪迈。

2013年12月30日定稿

现代观音，阳光行动

——唱湖北电视台著名节目主持人 孙汀娟主持的《阳光行动》

纤纤玉手，挽起失落的人，
深情话语，温暖冰凉的心；
人面桃花，心如飞歌的雪，
奔走呼号，脚是奏乐的琴。

彩屏万家，媒体力量无穷，
源源善款，化作缕缕春风；
坚定不移，帮助弱势群体，
征途漫漫，阳光正在行动。

啊！

阳光行动，阳光行动，

阳光的现代观音正在行动！

发表于《词坛》2012年第3期

注：《阳光行动》是湖北电视台著名节目主持人孙汀娟策划、制作、主持的全国首家慈善公益电视栏目。栏目将慈善事业与电视手段相结合，达到“安老，扶幼，助学，济困”的目的，把温暖的阳光播撒给最需要帮助的弱势群体。

江城故事

江城的故事，
讲的就是我和你。
我们相遇在那个里弄，
相遇得让我窒息。
那场小雨，淅淅沥沥，
淅淅沥沥的借口，
成了一湾风花雪月的涟漪。

从小我就爱阴柔的小雨，
现在我更爱伞下的你。
我在黄鹤楼上等你，
天上飘来了细雨；
我在楚河汉街望你，

喷泉也为我洒下花雨。
我们在人生的路口相遇，
生活的风雨，一路传奇。

江城的故事，
讲得就是我和你；
江城的故事，
我还想继续，
直到我们慢慢老去，
带着这故事离去……

2014 年 3 月 17 日定稿

我在黄鹤楼上等你

我在黄鹤楼上，
把玫瑰花王裹上金妆；
我在黄鹤楼上，
把黄鹤楼酒斟满玉觞；
我在黄鹤楼上，
摆出精武鸭脖和热干面；
我在黄鹤楼上，
摘下满天星斗洒在你来的路旁。

噢！
我在黄鹤楼上等你，
等你来佩带这玫瑰花王；
我在黄鹤楼上等你，

等你来共品甜蜜的佳酿；

我在黄鹤楼上等你，

等你来同赏江中的月亮；

我在黄鹤楼上等你等你等你！

黄鹤楼，玉笛响，梅花落，芳草香……

2012 年 6 月 12 日定稿

春季到武汉来看花

飞雪迎春到，
她在雪中啸，
啸出了武汉千萌芽，
啸火了江城万重花。
桃花闹喳喳，
樱花嘻哈哈，
牡丹玫瑰海棠花，
绝代竞风华。
春季到武汉来看花，
生出满腔心里话，
趁这花好节气佳，
我对她，真情来表达。

风雨送春到，

她在丛中笑，

万紫千红多潇洒，

碰一杯啤酒叫雪花。

锦上再添花，

龟蛇乐开了花，

江汉携手浪淘沙，

月夜起风花。

春季到武汉来看花，

黄鹤知音传佳话，

趁这花好节气佳，

我和她，笑成了武汉最美的花。

2014 年 1 月 7 日定稿

五月到江城来看花

五月到江城来看花，
咿呀咿呀咿呀呀！
国色天香牡丹花，
风流皇后月季花；
烈火激情石榴花，
清冰爽意栀子花；
柔情知己玫瑰花，
铁血红颜杜鹃花；
素雅清纯茉莉花，
红妆大气海棠花。
五月到江城来看花，
眼也花来心也花。

五月到江城来看花，

咿呀咿呀咿呀呀！

龟山蛇山起云花，

长江汉江涌浪花；

大吕编钟入梦花，

越王古剑熠霜花；

归元寺里博爱花，

古琴台边友谊花；

黄鹤楼中碰酒花，

横笛一声落梅花。

五月到江城来看花，

怒放心花，你别忘了回家！

2007 年 6 月 7 日定稿

千古黄鹤楼

滚滚长江万古流
最知黄鹤楼。
楼起三国烽烟里，
阅尽将相侯。
崔颢题词黄鹤去，
烟波使人愁。
孤帆远影诗仙伫，
送客下扬州。
文墨烽烟千秋伴，
荣辱黄鹤楼。

龟山蛇山万年守，
最懂黄鹤楼。

楼镇中流挟九派，
伟人心潮吼。
喜看长龙过天堑，
唱和万里舟。
新秾芳草连古树，
风韵醉寰球。
铁笛一声人间换，
鹤绕楼上楼。

2007 年 1 月 3 日定稿

江城之夜

太阳下山前，放了一把火，
点燃了江城之夜。
哟哟，依哟吠！
男伢炫亮私家店，
女伢开动夜班车，
三姑四嫂玩麻将，
婆婆约会见爹爹。
哟哟，依哟吠！
依哟依哟依哟吠！

月亮出来后，又浇了一桶油，
暴烈了江城之夜。
哟哟，依哟吠！

黄鹤举杯邀明月，
晴川近水酒旗歌，
两江播放千种色，
四岸闹腾万条街。
哟哟，依哟吙！
依哟依哟依哟吙！

2007年5月17日定稿

鹤归武汉

武汉武汉像个男子汉，
看物、立城，都一分为二。
江城江城不愧是名城，
名钟名舰名楼竞神韵。

武汉武汉通途越天堑，
龟山蛇山隔岸衣带牵。
江城江城千湖大风景，
长江汉江携手大经纶。

武汉武汉九衢通八面，
新朋老友越走路越宽。
江城江城展翅已飞腾，

天成？地成？三镇人民成。

啊……

谁说黄鹤去不返，

且听玉笛奏新篇，

笑讥古人诗鹤去，

不到武汉不识汉。

2003 年 4 月定稿

天宝打桩机

——为武汉天宝工程机械有限责任公司而作

铁脚踩大地，
铁头傲天云，
铁钻隆隆探地心。
铁的大厦要有铁根基，
铁的根基请找陈腊根。

铁脚立武汉，
铁头傲江城，
铁的信念创造铁乾坤。
铁的乾坤要有铁信誉，
铁的信誉叫做陈腊根。

哎——

天宝打桩机，

天宝打桩机，

打得高楼座座耸云天，

打得天宝大厦稳如山！

2005年6月5日定稿

注：陈腊根，武汉天宝工程机械有限责任公司董事长兼总经理。

题赠相册予黄靖

青春正飞扬，
莫负好时光，
倩影入画境，
魅力射天荒。

作于 2006 年

鹊桥仙·咏黄靖

众香春闹，
女孩黄靖，
独望雄鹰呼啸。
有心修砺不争春，
天着色，繁花难罩。

描红裁紫，
踏峰入景，
何止摄魂容貌。
任湖水妒柳杨娇，
熟香袅，没完没了。

2005 年 7 月 13 日定稿

注：黄靖，武汉天宝工程机械有限责任公司办公室主任。

满江红·长江

滚滚长江，
破夔嶂，九州横贯。
龙血脉，情牵厚土，
势连杰胆。
浪助火烧强虏戟，
波拥壮烈“中山舰”。
更风骚，渡百万雄师，
乾坤奠。

阳光照，
千帆暖；
通途越，
春光满。

趁东风浩荡，再翻宏卷。

持挟龟蛇黄鹤展，

飞流高峡神峰叹。

任繁星、灯火映波中，

奔无憾！

作于2000年

特别大武汉

武汉的大江两道辙，
武汉的名山叫龟蛇，
武汉的姑娘九个头，
武汉的小伙像那黄鹤楼。

如果你看了长江和汉江，
走进沙漠泉水也不香；
如果你登上龟山和蛇山，
珠穆朗玛它就一般般。

如果你娶个武汉的姑娘，
等于娶了九个新娘；
如果你嫁给武汉的小伙，

等于住进了黄鹤楼。

哎！哎！大武汉，
大江大湖特别大武汉！
哎！哎！大武汉，
汉腔汉味喊你来看大武汉！

2013 年 5 月 8 日完稿

注：因为湖北人有“九头鸟”之称，所以就有了此词的“武汉的姑娘九个头”之句。

信了武汉的邪

灵山舞仙蛇，迎回古黄鹤，
白云飘天界，根在晴川阁；
长江汉水合，合成花月夜，
楚河汉街靓，靓出时尚结。

时尚总相约，相约渡江节，
朝临户部巷，夜赏吉庆街；
街头博物馆，关钟铭岁月，
岁月多坎坷，坎坷一道辙。

辙上开先河，追求大卓越，
卓越大武汉，广发英雄帖；
江滩大客厅，款待全世界，

全世界的客，信了武汉的邪！

2013年7月22日定稿

注：武汉人有句口头禅“信了你的邪”，类似于“服了你的气”。

咏荆门

荆门位于湖北省中部，江汉平原西北部。北通京豫，南达湖广，东瞰吴越，西带川秦，素有荆楚门户之称。自商周（约公元前 16 世纪）以来，历代都在此设州置县，屯兵积粮，为兵家必争之地。

荆门为省辖市。现辖钟祥市、京山县、沙洋县以及东宝区、掇刀区、屈家岭管理区，总人口 300 余万，版图面积 1.24 万平方公里。

荆门境内群山耸立，汉水飞扬，漳河妩媚，鱼米飘香。首府荆门城依山而筑，荣称山城。

故乡荆门

沿着竹皮河我漫步前行，
河水哗哗流着乡音。
我手握一罐金龙泉，
吻上一口，临风凭栏。
对面的南熏门古色古香，
穿过南熏门，走进中天街，
如日中天，这是我的故乡！

寻着老莱子我走近象山，
山泉汩汩透着乡情。
我顺着泉水看一路，
泉水流啊流进文明湖。
湖水荡漾书声琅琅，

勤奋让我们咫尺天壤，

咫尺天壤，辉煌我的故乡！

荆门啊我的故乡，

走遍你的城市村庄，

眼中，是繁荣景象，

心里，充满了荣光。

2013 年 11 月 10 日定稿

丁零丁零荆门开

请到荆门来，
请到荆门来，
到了荆门来请你按门铃，
丁零丁零荆门开。

金龙泉为你洗风尘，
尝一尝钟祥的蟠龙菜，
屈家岭的鹿蓉鹿肉俏，
京山的桥米香开怀。
说一说，笑一笑，
话投机，千杯少；
新朋友，老知己，
常往来，更精彩。

请到荆门来，

请到荆门来，

到了荆门来请你按门铃，

丁零丁零荆门开。

2005 年 9 月 13 日定稿

荆门门中门

走进大荆门，

打开凤鸣门，

古知军，陆九渊，

风范策后人。

走进大荆门，

打开南熏门，

南风熏，北风烈，

烈烈新乾坤。

走进大荆门，

打开门中门，

门多路宽广，

宽广大荆门。

2013 年 6 月 9 日定稿

注:“凤鸣门”、“南熏门”位于荆门城区竹皮河的南端，是为纪念南宋时期荆门知军陆九渊而恢复的“陆公城”遗韵。

荆门之门

荆门在湖北，

湖北有荆门。

荆门之门宽，

门后米粮川；

荆门之门秀，

门前汉水扬彩袖；

荆门之门红，

门上腾金龙；

荆门之门阔，

古今皇帝都来过。

荆门的门槛高，

那是荆门的姑娘俏；

荆门的门槛低，

那是荆门人讲礼仪。

讲礼仪的荆门人啊，

大开荆门，请你来串门！

2006年8月2日定稿

菜花三月，来到荆门

菜花三月，不下扬州，
来到荆门，菜花相迎。

菜花三月，富裕荆门，
登高一望，遍野黄金。

菜花三月，好客荆门，
黄金铺路，只为远朋。

菜花三月，来到荆门，
阳光心情，金色旅程。

菜花三月，来到荆门，

金色旅程，金色人生。

2013 年 3 月 31 日定稿

请到荆门来看山

荆门是山城，
山城山连山，
山山举着红请帖，
请你到荆门来看山。
来看山，山陡峭，
我们携手共登攀；
来看山，山妖嫣，
你就再添桃花人面。
桃花人面圣境山，
宝塔耸立东宝山，
西山雨山白龙山，
岚光阁下是象山。

象山之巅看群山，

山外青山万千山。

2012年6月3日定稿

登象山

仰望象山，我一声惊叹，
翠绿深处是叠彩万千。
老莱子也在凝神看，
看这山边的一泓清泉。

掬一捧清泉我奔向前，
水朝下滑，人往高处攀。
岚光阁也在凝神看，
人间天上，天上人间。

人间到天上，
尽情来体验，
体验“蜀道难”，

体验心的温暖。

人间到天上，
天梯缠象山，
登一次象山，
当一回神仙。

2014年1月25日定稿

向东桥

向东桥头，
梧桐树三棵；
向东桥下，
竹皮河穿过。
我在桥边望白云飞炫，
我在桥上看如日中天。
如日的中天街，
商铺正红火；
飞炫的白云路，
车流似江河；
美丽的竹皮河，
荆门的小酒窝；
三棵梧桐树，

微笑迎宾客。

啊！向东桥，
一头是白云飞炫，
一头是如日中天。

2013 年 5 月 12 日定稿

竹皮河

山里流来竹皮河，
绕着山城转。
转哪转，转哪转，
转到三眼桥；
转哪转，转哪转，
转到向东桥。
小桥流水道一声：江南好！

山里流来竹皮河，
绕着山城转。
转哪转，转哪转，
转到苏畈桥；
转哪转，转哪转，

转到北门桥。

小桥流水道一声：荆门好！

2013 年 5 月 27 日定稿

注：竹皮河是穿过荆门城区的一条小河。

岚光阁

荆门之冠，
壮美了象山。
在象山之巅，
你飘飘欲仙。
我欲乘风而上，
又恐那高处严寒；
我欲转身离去，
又怕你飞天不返。
长发的姑娘拾级而上，
红衣的小伙向你登攀，
无数的远客，
带着我脚下生烟。

啊！

岚光阁，高处清风暖；

岚光阁，与我共婵娟。

2010 年 1 月 9 日定稿

东山宝塔

百年千年，你站在东山之上，
我的宝塔，我的妈妈！
百年千年，你把家园眺望。
你眺望漳河，漳河捧出佳酿，
你眺望汉江，汉江为你飞扬；
你眺望原野，原野为你歌唱，
你眺望灯光，灯光为你辉煌。

百年千年，你站在东山之上，
我的宝塔，我的妈妈！
百年千年，你把家园守望。
你容貌沧桑，诉说王朝跌宕，
你傲雪凌霜，怒放七朵太阳；

你母仪天下，充满正能量，
你拨云微笑，笑看遍地栋梁。

我的宝塔，我的妈妈！
百年千年，你把家园守望；
我的宝塔，我的妈妈！
千年万年，你让儿女挂肚牵肠。

2013 年 7 月 29 日定稿

龙泉书院

文明湖畔，泉水流进了芳草地，
龙泉书院，书香无处不风靡。
我们像泉水一样矢志不移，
我们用勤学苦砺充实双翼。

百年龙泉，流啊流成了风景地，
百年书院，书香沁破了天机。
我们像泉水一样志在千里，
我们用矫健双翼咫尺云泥。

啊！
咫尺云泥，源源泉水在接力；

咫尺云泥，更高更快更神奇！

2014 年 4 月 16 日定稿

注：清乾隆十九年，荆门知州舒成龙在文明湖畔兴建龙泉书院并撰写《龙泉书院碑记》。他勉励学子要像龙一样上天入海，达到“咫尺云泥”之境界。

老莱子

天下那么大，
你独独爱上了荆门；
荆门那么大，
你偏偏喜欢象山。

蒿蓬为室，蒹葭为墙，
艾草当席，杖木做床。
著不完的书简，垦不尽的山，
爱不够爹娘，孝义美名扬。

孝子田边，鸟语花香，
老莱山庄，刻满沧桑。
流不竭的泉水，诉不尽古往，

品不够老莱子，带他入梦乡。

啊！
二千岁的老莱子，
定居在象山；
二千岁的老莱子，
笑饮金龙泉。

2012 年 12 月 27 日定稿

注：老莱子，春秋时期楚国大思想家，中国古代“二十四孝子”之一。因厌恶黑暗的政治而隐居荆门象山。至今象山脚下还有“孝子田”、“老莱山庄”等遗迹。

掇刀新战场

赤兔马喷火，偃月刀凝霜，
依稀江汉逐鹿古战场。
石破天惊的地方，
关公把刀掇，掇刀千古扬。

掇刀掇刀，今演新战场，
虎牙关前，春雷点兵将。
长坂坡，白石坡，群雄斗志昂；
军马场，飞机场，场场皆辉煌；
火电亮，石化忙，高新产业旺；
鱼米香，山水棒，腾起金凤凰。

哎——

象山大道开天路，

深圳大道连汉江，

汉江从那远古来，

歌唱掇刀新战场。

2013 年 10 月 21 日定稿

群雄会荆州

——为荆州·湖北省第十四届运动会而作

英雄帖，贴胸口，群雄会荆州。

金戈鸣，铁马吼，健儿竞风流。

古壮士，上城楼，为我煮好酒。

一个梦，一杯酒，豪情大江流。

豪情大江流，

英雄展吴钩，

黄鹤凤凰秀，

收取大金秋。

发表于《新歌诗》2012年第5期

注：荆州和荆门山水相连，民俗相近，亲如一家。故将此词刊载于此。

读竹简

沉沉的竹简，
写满方块字，
字字句句皆辛苦，
苦造登天梯。

古代的小娃娃，
竹简书中读天下。
读成了孔子和孟子，
读成了屈原和宋玉，
读成了诗经和楚辞，
成就了中华文明的奇迹。

2013 年 12 月 14 日定稿

注：竹简——古人在竹片上写字后用绳线串成的书。

郭店竹简

穿过漫长的黑暗，
冲破重重的劫难，
涅槃的竹简，
浴火重生在郭店。

八百条精灵古容颜，
一万朵云烟永不散，
古老的儒学，原始的道教，
闪耀那孔孟春秋百家言。

那文物专家咚咚咚咚心似野兔跳，
那金发女郎 OK OK 闪着大绿眼，
那外国哑巴呜哇呜哇呜哇呜哇跷起大拇指，

那郭店的花儿草儿哈哈哈哈闹翻了天。

啊！中华文明多浩瀚，
郭店竹简大奇观，
八百条精灵古容颜，
一万朵云烟永不散。

2013 年 12 月 20 日定稿

注：1993 年 10 月，考古人员在荆门郭店村挖掘出 804 枚竹简，上面载有道教、儒学文献 16 篇共 13000 余字，距今 2300 多年历史。

漳河独爱荆门哥

清流潺潺千里辙，
高唱低吟一路和，
秦岭深处到荆门，
九曲回肠化成了漳河。

漳河是那痴情女，
荆门是那多情哥，
有缘千里来相会，
喜酒摆上岚光阁。

岚光阁上摆喜酒，
秦岭深处起新河，

有缘千里来相会，

漳河独爱荆门哥。

2013 年 4 月 28 日定稿

将船买酒金龙泉

一轮明月水中漾，
美女娇妍挽红男，
且就漳河赊月色，
将船买酒金龙泉。

金龙泉，漳河源，
漳河源，千里外；
千里奔来千重险，
美酒香自苦寒来。

美女美，帅哥帅，
对酒歌，志莫衰；
千里之行千道坎，

美好源自苦寒来。

发表于《词作家》2014 年第 1 期

注：金龙泉啤酒是荆门的拳头产品，是用清纯浩渺的漳河水酿造而成；而漳河水则是从千里之外的秦岭深处百回千转，逶迤而来。

金龙泉啤酒，天下第九

金龙泉啤酒，
春来扬彩袖；
金龙泉啤酒，
夏撼重霄九；
金龙泉啤酒，
秋红挂枝头；
金龙泉啤酒，
霜天竞自由。
金龙泉啤酒，
不是海市蜃楼，
金龙泉啤酒，天下第九！
金龙泉啤酒，
也非商场独秀，

金龙泉啤酒，天下第九！

金龙泉啤酒，

再平坎坷八点九，

金龙泉啤酒，天下帝酒！

2004 年 4 月定稿

金龙泉，唱着喝

一杯金龙泉，飘满乡音，

七饭，嘎事，活酒；

一杯金龙泉，浸满乡情，

爹娘，兄弟，朋友；

一杯金龙泉，盛满乡情，

漳河，汉江，淹没月钩钩。

噢！

金龙泉啤酒，

香在我心头，

无论走到哪里，

都要喝一口。

2014 年 8 月 7 日定稿

注：“七饭，嘎事，活酒”都是荆门方言，意思分别为：吃饭，开始，喝酒。

荆门城歌

太阳出来照山坳，
古城处处都是歌。
象山豪迈舞姿放，
漳河腼腆镜未磨；
宝塔耸立云烟起，
楚简沧桑古韵博；
掇刀新城新景象，
金虾老巷老铜锣。

月亮出来照山坳，
古城夜色斑斓多。
金龙泉酒夜光盏，
十里油城热火锅；

向东桥架中天路，
扶摇直上岚光阁；
灯光十万山城闹，
疑是人间卧银河。

2006年4月4日定稿

漳河情歌

女：波光闪闪水泱泱，
阿妹泛舟水中央；
杜甫沟边恣情唱，
伍峰寨里倩影藏；
歌儿飘在水一方，
戏一戏那个痴情郎。

男：波光闪闪水泱泱，
阿哥追到水中央；
蔡公剑旁寻呀寻，
歇马寨里望呀望；
只闻歌声不见人，
急坏了阿哥痴情郎。

合：哥是青山回峰转，
妹是秀水玉带扬。
山环水抱漳河美，
阿哥阿妹情意长。

2006年9月22日定稿

注：漳河位于荆门城西，全国八大水库之一，省级风景区。“杜甫沟”、“伍峰寨”、“蔡公剑”、“歇马寨”都是其间的古战场遗址。

漳河姑娘

遥远的荆门有一位漳河姑娘，
她的家住在天上。
人们说她的眼睛秋波荡漾，
人们说她的秀发鸟语花香，
人们说她的姿采飞雪绽放，
人们说她的追求远到海洋。
噢！
一路风尘，我来到荆门，
来看梦中的漳河姑娘。
漳河姑娘啊轻纱半掩，
漳河姑娘啊曼舞妖娆；
我前迎后眺，我左随右绕，
也只看到她那、瞬间的回眸一笑……

2008 年 3 月定稿

大美长湖

月亮见了你，低下了头，
花儿见了你，它也害羞；
刁子鱼呀，网恋湖边柳，
大雁追呀追，追那三台八景绿水洲。
依呀呀呀！依呀呀呀！
闭月羞花，沉鱼落雁，
百里长湖风情万种不胜收。

长江牵着你的左手，
汉江牵着你的右手；
左右逢源，运河过轻舟，
轻舟摇啊摇，摇来人面荷花抛绣球。
依呀呀呀！依呀呀呀！

菱藕清甜，鱼糕香透，

大美长湖得天独厚争上游。

2013 年 8 月 3 日定稿

注：江汉大运河通过荆门长湖将长江汉水沟通相连。

龙腾钟祥

大平原上流着汉江，
江边有个古老的钟祥。
钟祥自古浪淘沙，
大浪深处蛟龙藏。
蛟龙藏啊蛟龙跃，
嘉靖出世立钟祥。
天成的帝王气呀，
沧桑岁月不沧桑。
赴京走千里，
蟠龙传遍鱼米乡。
大智兼大勇，
朗朗乾坤手中掌。
忠孝也两全，

亲人乘鹤眠故乡。

地灵住显陵，

龙土龙魄香火旺。

龙腾钟祥，龙腾钟祥，

传奇的故事四海扬；

龙腾钟祥，龙腾钟祥，

腾龙的钟祥更辉煌！

2006 年 11 月 7 日定稿

注：嘉靖，1507 年 9 月 16 日生于钟祥，中国明朝第十一代皇帝。

阳春白雪莫愁女

火红的阳春百花骄傲，
莫愁女把它唱成了微笑；
冰天的白雪悬崖陡峭，
莫愁女把它做成了心桥；
温暖的阳春和风袅袅，
莫愁女把它舞成了狂飙；
凛然的白雪雪竹翘翘，
莫愁女把它蹈成了天骄。

啊！
多情的宋玉告诉我，
莫愁女是那邻家的仙娥；
独醒的屈原告诉我，

有心的人啊，总是上下来求索。

2013 年 6 月 6 日定稿

注：莫愁女是春秋战国时期楚国的歌舞家（今湖北钟祥人）。在屈原、宋玉的帮助下，她把《阳春》、《白雪》两首高深的歌典传唱开来，至今已有两千多年的历史。

钟祥蟠龙菜

钟祥盘着一条龙，
不飞不潜不跑动，
将相王侯几百年，
谁都夸它是真龙。

真龙出郢中，传奇峥嵘。
话说那明朝明武宗，
年纪轻轻就一命崩。
皇太后传下特封令，
各地亲王，火速赴京城，
先到的做皇帝，后到的当大臣。
身在钟祥的亲王朱厚熜，
扮钦犯，坐囚车，日夜赶路程，

直把那皇印握在了手中。

回想起赴京路上急匆匆，
朱厚熜专吃那“黑窝粽”。
你别小看这“黑窝粽”，
它凝聚了厨艺的巅峰，
先把鱼肉剁成泥，
再加油盐蒜姜葱，
神奇配方巧调弄，
做成这佳肴叫蟠龙。

蟠龙本是帝王菜，
如今盘在百姓中，
百姓才是真英雄，
腾起钟祥一条龙。

2013年10月3日定稿

空山洞

空山新雨后，空山洞不空。
洞天福地，走来百媚千红，
福地洞天，好一派世外风情。

那金鸡独立，叫响满堂红，
那水华梯田，飘来桥米的香浓；
岩石洞房中，人面笑春风，
赴一场蟠桃盛宴入幻梦。

那狡兔三窟，闪烁朦胧，
那金龟恋蟾，心有灵犀一点通；
直线窥苍穹，海底闹龙宫，
敲响那石头编钟圆夙梦。

嚯——

天造地设三千奇，

鬼斧神工八百景，

万人同驻空山洞，

好一个卧虎藏龙。

2014年4月21日定稿

注：空山洞，位于湖北京山县境内，华中第一溶洞。洞内有“天然石编钟、金龟恋蟾，三峡一线天、蟠桃盛宴，狡兔三窟，金鸡独立，海底龙宫，水华梯田，石洞房”等自然景观，可容纳万余人。

京山桥米

很久以前，
这一方水土，
种出了桥米。
喷香的桥米，
走出京山，
见到了皇帝。
皇帝天子金口玉言：
京山桥米，天降大喜！

到了今天，
这一方水土，
豪丰了桥米。
流金的桥米，

走向八方，

香飘大地。

大地母亲实话实说：

京山桥米，地之骄子！

2014 年 4 月 3 日定稿

农谷·乐土

农耕的先祖，
在屈家岭复出。
感受农耕的艰苦，
我却坐在风景休闲处。
不是我懒散自固，
不是我迷迷糊糊，
而是我走痛了双脚，
也没赏尽这农谷乐土。

屈家岭遗址高矗，
围满了追星族；
农谷的新诗低吟，
驶来了高科航母。

产业之谷，龙飞凤舞，
绿色之谷，高大乔木；
创新之谷，没有休止符，
富民之谷，踏上了高速路。

噢！我用鸿雁传书，
告诉那神农先祖，
千古农耕，天翻地覆，
新的征程，请他来作赋。

2014 年 2 月 12 日定稿

注：农谷，是借鉴“硅谷”和“光谷”的概念，依托“屈家岭文化遗址”的深厚底蕴而创建的现代农业示范区。

江汉明珠屈家岭

四千多年以前，
你就叫屈家岭。
无情的沧桑，
荒芜了你的容貌，
淡忘了你的乳名。
荒芜，掩不住你的渴望，
渴望，盼来了英雄的垦荒大军。
吼吼——
震天的号子吼起来哟，
荒原沼泽长绿荫；
机器轰鸣响起来哟，
农林牧渔皆丰登；
智慧和汗水加起来哟，

古老的厚土焕青春；
大地母亲喊一声，
乳名叫作屈家岭。

远古走来的屈家岭，
血汗里泡大的屈家岭，
鱼米之乡屈家岭，
江汉明珠屈家岭！

2013年5月定稿

注：这里是著名的“屈家岭文化遗址”所在地。1953年，数万垦荒人进驻这片百里荒原，建成了湖北最大的农垦基地——五三农场。

长滩之歌

长虹像那姑娘的腰，
长空像那小伙的胸。
久违的朋友，
你可记得老家长滩？
长滩没有长虹美，
长滩没有长空壮，
长滩是故乡。
东边月宝牙骨山，
西边季河舞翩跹，
南面十里是银棉，
北面龙潭泉水甜。
请你回长滩，
请你回长滩，

长滩和我们根相连，

长滩是故乡。

长城是那云中的龙，

长江是那大地的肠。

远方的朋友，

你可知道有个长滩？

长滩没有长城高，

长滩没有长江长，

长滩是鱼米乡。

水库星罗灌良田，

花生玉米堆成山，

鱼儿跳来牛羊欢，

稻谷酿酒人成仙。

请你到长滩，

请你到长滩，

长滩把我们缘相牵，

长滩四季香。

2004 年 7 月定稿

赠华金生

2000年年初，我到广东惠州投奔时任53264部队卫生队队长的原战友华金生（湖北荆门人），他跑上跑下好不容易帮我找了份工作；不料，我突然大病一场，他仍不嫌不弃，全力医治，帮我度过了难关。

书生困渡口，
感君出援手，
岸边温暖处，
春风拂弱柳。

作于2005年

江城子

——为五三农场撤场化屈家岭管理区而作

五三农场是湖北最大的国营农场。由于体制不顺，机构臃肿，土政策横行，导致经济不振，负债累累。撤场化区，理顺体制，实乃民心所向，大势所趋。

泱泱大势水东滔，
顺游蛟，
逆流枭，
沉浮谁主？
千禧舞狂飙，
乍起风雷屈家岭，
摧枯朽，
撼云霄。

红旗招展不容骄，

灭烟硝，

路途遥。

肩擎重任，

吾辈志如涛。

他日扬眉更[①]化市，

吞邻县，

步步高！

2002 年 3 月定稿

①平声

沁园春·荆门

鱼米之乡，
城镇星罗，
畈野棋连。
看象山南面，
掇刀璀璨；
汉江东岸，
皇殿威严。
金酒龙泉，
雄风八面，
敢与茅台试比先。
待三月，
与菜花同炫，
俗子成仙。

荆门风采万千，
数不尽妖娆入画栏。
叹空山溶洞，
神工鬼铲；
娘娘山寨，
妙境桃源。
漳水生烟，
长湖落雁，
大好河山尽笑颜。
乘风劲，
挟荆门宏愿，
中部飞天。

2012 年 10 月 11 日定稿

荆门气魄

你在大洪山麓出生，
你在汉江岸边成长。
平凡，是你的本色，
非凡，是你的气魄。

平凡漳河水，九曲转百回，
非凡金龙泉，纯厚又香艳。
漳河水，金龙泉，
千里共婵娟。

平凡向东桥，如日中天耀，
非凡东宝塔，沧桑铁喇叭。
向东桥，东宝塔，

今古传佳话。

平凡屈家岭，农耕古文明，
非凡明显陵，御驾座荆门。
屈家岭，明显陵，
古韵举世惊。

平凡荆门腔，土调也芬芳，
非凡荆门人，大家做栋梁。
大家都来做栋梁，
托起东山的红太阳。

2010年4月定稿

屈家岭桃花节

桃花风吹来了，
桃花雨飘来了。
粉红的屈家岭，
发出粉红的请贴，
粉红的消息漫山野，
粉红的心情在摇曳。

月宝山粉红色，
太子山粉红色。
粉红的人面，
燃烧粉红的季节，
粉红的笑靥漫山野，
粉红的屈家岭粉红八方客。

2014 年 10 月 15 日定稿

桃花梦

桃花山，桃花水，
桃花红如梦；
大蝴蝶，小蜜蜂，
陶醉在花丛。

桃花村，桃花镇，
春意格外浓；
绿映红，酒旗风，
乡野人憧憧。

人海里，红尘中，
相思你最懂；
桃树哥，桃花妹，

别后又重逢。

啊！

桃树哥，桃花妹，

别后又重逢；

别后又重逢，

共圆桃花梦。

2014 年 10 月 16 日定稿

题赵黄金小朋友十岁生日

胸前飘着红领巾，
书山学海淘黄金，
他日成材撑大厦，
擎天一柱定乾坤。

作于 2006 年

题周绣凤小朋友十岁生日

丹凤鸣十岁，
五色斑斓缀，
再过七八年，
书香沁翡翠。

注：周绣凤是朋友周进坤之女。

作于2005年4月11日

题华国安小朋友十岁生日

华国安的爸爸华金生是军中骄子，妈妈陈菊花是警界精英。

左手挟军官，
右手抓警察，
国安小哪吒，
闹海惊天下。